Rudolf Huber · Die Brücke

Umschlag: *Die Hackerbrücke vor dem Münchner Hauptbahnhof*
Seite 2: *Amerikanische Soldaten am Friedensengel, München, 1946*

Rudolf Huber

Die Brücke

und andere Erzählungen
aus der Nachkriegszeit

buch & media

Bildnachweis:
Umschlag: Ulrich Wagner, Augsburg
S. 2, 8, 40: Haus der Bayerischen Geschichte
S. 57, 61: Stadtarchiv München
S. 47: Privatfoto Annemarie Neumeier
S. 24, 28, 51: Privatfotos Rudolf Huber

Weitere Informationen über den Verlag und sein Programm unter
www.buchmedia.de

November 2010
© 2010 Buch&media GmbH, München
Umschlaggestaltung: Kay Fretwurst
Herstellung: Books on Demand GmbH, Norderstedt
Printed in Germany · ISBN 978-3-86520-384-7

*In inniger Liebe
und Dankbarkeit
meiner herzensguten Frau
zum Fest unserer
Goldenen Hochzeit
zugeeignet*

Inhalt

Niedergang und Aufbruch	9
Mein Würmtal	25
Über doppelten Rädern	41
Die Brücke	53

Spielendes Kind zwischen Trümmern, September 1946

Niedergang und Aufbruch

Die erste Friedensnacht senkte sich wohltuend über das zerstörte München und seinen weitgehend verschont gebliebenen Vorort Untermenzing. Man schrieb den 30. April 1945. Die Kapitulation wurde zwar erst acht Tage später unterzeichnet, aber mit dem Fall Münchens war der deutsche Widerstand endgültig gebrochen und der Zweite Weltkrieg beendet. Ich war zu dieser Zeit zehn Jahre alt.

Nach jahrelangen zermürbenden Bombennächten bescherte die hereinbrechende Dunkelheit dieses Abends den Menschen wieder die Aussicht auf ungestörten nächtlichen Schlaf. Das Münchner Stadtgebiet war ja schon besetzt, und so konnten in dieser Nacht die Sirenen keinen Fliegeralarm mehr ankündigen. Was für ein neues und beglückendes Gefühl!

Der letzte Kriegstag hatte noch einigen Schrecken mit sich gebracht. In unserem Garten war ein Panzergeschoss eingeschlagen, hatte den Zaun zerfetzt und an unserem Zweifamilienhaus mit großem Getöse einige Dachplatten zertrümmert. Durch unser offenes Fenster war ein Splitter in die Küche geflogen und hatte sich dort in die Innenwand gebohrt, just an der Stelle, wo mein Platz am Esstisch war, den ich zwei Minuten vorher verlassen hatte, um den Luftschutzkeller aufzusuchen. Diesen Beschuss verdankten wir dem sinnlosen Widerstand eines übereifrigen Trupps des Volkssturms, der sich in einem Wäldchen verschanzt hatte und die heranrollenden amerikanischen Panzer mit einem Maschinengewehr angegriffen hatte. Ansonsten hatten die meisten Bewohner, auch wir, zum Zeichen unseres Kampfverzichts weiße Tücher aus den Fenstern gehängt. Die Panzer schoben die Sperren an den Würmbrücken beiseite und standen, später von uns Kindern bestaunt, in der Hauptstraße von Untermenzing, ehe sie in Richtung Stadtmitte vorrückten.

In der Stadt brannte es seit einiger Zeit nicht mehr. Die Amerikaner waren von Westen und Norden her an München herangerückt, und ihre Luftwaffe hatte zuletzt die Bombardierung eingestellt. Eine alte Fotografie zeigt den Einmarsch der amerikanischen Truppen durch die Dachauer Straße am 30. April 1945. Auf diesem Bild ist auch die Baulücke zu sehen, wo, nahe beim Stiglmaierplatz, unser ausgebranntes Haus, die Nummer 54, gestanden hatte. Dort war ich aufgewachsen, bei Großmutter und Onkel Julius, ihrem Mann in zweiter Ehe. Nachdem sie im Juli 1944 »ausgebombt« worden waren, waren sie zu meiner Mutter nach Untermenzing gezogen. Dazu hatte sich, nach der Flucht vor den vorrückenden Alliierten in Italien, auch noch meine Tante Elisabeth gesellt, so dass wir dort sehr beengt wohnten. Meine Mutter arbeitete im Luftgau im Zentrum der Stadt. Mein Vater war Soldat bei der Eisenbahnflak und kehrte erst viel später, Gott sei Dank unverletzt, nach langer Gefangenschaft heim.

So erlebten wir das Kriegsende, zu fünft in einer engen Wohnung zusammengepfercht. Das Essen war fast immer knapp. Um ein Pfund Brot zu ergattern, musste man vor der Bäckerei bis zu zwei Stunden anstehen. Wenn man Glück hatte, kam man noch an die Reihe, bevor der Tagesvorrat zu Ende ging. Nicht selten ging man hungrig ins Bett. Kohlen gab es kaum. Man musste mit »Bündelholz« heizen, das jedoch meistens so durchnässt war, dass man es kaum zum Brennen bringen konnte.

Die amerikanischen Besatzer benahmen sich korrekt. Es kam zu keinen Ausschreitungen. Sicher mussten sie einige Villen und vornehmere Häuser für ihre Offiziere beschlagnahmen, was für die betroffenen Familien natürlich sehr misslich war. Wir aber haben mit den amerikanischen Soldaten nie unangenehme Erfahrungen gemacht. Ihre gelegentlich durch die Straßen patrouillierenden Jeeps gehörten bald zum gewohnten Straßenbild.

Weit verbreitet war das »Kippensammeln«. Von Amerikanern weggeworfene Zigarettenstummel wurden eifrig aufgesammelt, besonders von Kindern, und der Tabak wurde dann an darbende deutsche Raucher weitergegeben.

Deutsche Zeitungen und Radiosendungen gab es zunächst nicht mehr, mit Ausnahme von gelegentlichen Sonderausgaben und Sondersendungen, die jedoch lediglich Bekanntmachungen der Besatzungsmacht an die Bevölkerung enthielten. Bald aber war der Sender der Amerikaner zu empfangen, der »AFN« (American Forces Network). Er sendete jedoch in amerikanischer Sprache, die wir nicht verstanden. Seine Programme mit Unterhaltungsmusik und Jazz muteten uns fremdartig an. Solche Klänge hatten deutsche Ohren seit zwölf Jahren nicht mehr vernommen.

Mit der Niederlage der deutschen Wehrmacht haben sich die Verdienstmöglichkeiten für unsere Familie schlagartig verändert. Meine Mutter verlor ihre Stelle als Telefonistin beim Luftgau in der Prinzregentenstraße ebenso wie Tante Elisabeth als Wehrmachtshelferin in Bologna. Auch Onkel Julius verlor seinen Arbeitsplatz beim Rüstungsbetrieb BMW in München. Durch seine Umsichtigkeit gelang es ihm jedoch bald, eine neue Stelle zu finden. Er kam als Hilfskraft bei den Amerikanern unter.

Die US-Armee hatte in München-Neuhausen ein Lager und wohl auch ein Lazarett eingerichtet. Im weiten Rondell vor der noblen Kulisse des Schlosses Nymphenburg hatten die Besatzer eine Zeltstadt aufgebaut. Wo sonst gepflegte Rasenflächen, Blumenrabatte und Zierwasserbecken sich erstreckten, wo edle Statuen von antiken Gottheiten die Wandelwege säumten, dort standen nun die Zelte und Armeefahrzeuge der Amerikaner. Das ganze Areal war abgesperrt und bewacht: »Off limits« – Deutsche hatten keinen Zutritt.

Außer einigen Helfern; und zu denen gehörte auch Onkel Julius. Er arbeitete dort in der Küche, was in Zeiten der Lebensmittelknappheit ein genialer Beschäftigungsort war. Entladen und Beladen von Lastwagen, Reinigungsarbeiten, die Wartung von Küchengeräten und Ähnliches gehörten zu seinen Aufgaben, und das alles im Anblick einer für ausgehungerte Deutsche unvorstellbaren Vielfalt von erlesenen Nahrungsmitteln. Was für ein Fest, wenn Onkel Julius ab und zu eine Dose Corned Beef oder einen süßen Doughnut heimbrachte, die ihm ein gutmütiger amerikanischer G.I. geschenkt hatte!

Onkel Julius verstand sich ja mit seinen neuen Arbeitgebern sehr gut. Zumindest meinte er, dass sie ihn verstanden. Er war nämlich als Schaustellersohn in seiner Jugendzeit oft in Norddeutschland gewesen, auch in Hamburg, und hatte sich dort ein wenig Plattdeutsch angeeignet. Nun war es seine feste Überzeugung, dass Plattdeutsch und Englisch fast das Gleiche sind. So ließ er gegenüber einem Amerikaner gerne mal ein paar Brocken dieses deutschen Dialekts vom Stapel und freute sich königlich, wenn der so Angesprochene dazu höflich nickte, was auch immer dieses Nicken bedeuten mochte.

Einmal brachte Onkel Julius, von der Arbeit kommend, einen baumlangen, schwarzen amerikanischen Soldaten mit nach Hause. Dieser hatte ihm zu verstehen gegeben, dass er gerne nach Stuttgart fahren würde. Da wir nicht weit entfernt von der Stuttgarter Autobahn wohnten, bot ihm Onkel Julius an, ihn auf seinem Fahrrad dorthin zu bringen. Nachdem der Onkel wegen der gewaltigen Belastung sein Hinterrad besonders prall aufgepumpt hatte, setzte er seinen Fahrgast auf den Gepäckträger und strampelte mit ihm unter schweißtreibender Anstrengung acht Kilometer weit von Nymphenburg nach Untermenzing.

Zuerst brachte er ihn zu uns. Großmutter machte ihm eine Tasse Kaffee, Marke Muckefuck, – etwas Besseres gab es damals nicht – an der er höflich nippte. Da die Verständigungsachse Plattdeutsch/Englisch nicht so recht funktionierte und unser Gast sein Reiseziel zeitig erreichen wollte, setzte Onkel Julius seinen Autobahnzubringerdienst bald fort. Der Mann aus Alabama bedankte sich herzlich, schenkte uns eine Tafel Schokolade, die so schwarzbraun war wie er selber, und nahm wieder auf dem Gepäckträger Platz, diesmal auf einem Kissen. Seine langen Beine beidseitig von sich streckend und zum Abschied herzlich winkend, entschwand er mit Onkel Julius in Richtung Autobahn, wo er von einem amerikanischen Armeefahrzeug mitgenommen wurde.

Leider blieb Onkel Julius der nahrhafte Arbeitsplatz nicht sehr lange erhalten. Das Lager und das Militärhospital wurden verlegt, so dass der Onkel sich eine neue Stelle suchen musste. Er fand sie bald. Wegen seiner großen handwerklichen Geschicklichkeit und auch wegen seiner Erfahrung mit Rangierloks bekam er einen Arbeitsplatz im Eisenbahnausbesserungswerk in München-Freimann, das auch den Amerikanern unterstellt war. Gute Arbeiter waren ja sehr gefragt, da die meisten Männer Kriegsdienst hatten leisten müssen und verwundet worden waren oder gefallen waren oder noch lange in der Gefangenschaft ausharren mussten.

Der Wechsel seines Arbeitsplatzes brachte für Onkel Julius auch eine erhebliche Verlängerung seines Anfahrtsweges mit sich. Er musste täglich zweimal eine Strecke von etwa fünfzehn Kilometern mit dem Fahrrad zurücklegen, bei jeder Witterung, auch während der kalten Wintermonate. Die beengten Wohnverhältnisse änderten sich nicht, so wenig wie die angespannte Versorgungslage.

Brennmaterial war Mangelware. Um während des strengen Winters mein eiskaltes Nachtlager vorzuwärmen, legte mir meine Mutter eine eingewickelte flache Dachplatte ins Bett, die sie vorher im Backrohr unseres Kohleherdes erhitzt hatte.

In dieser Zeit der Beengtheit und Bedrängtheit, aus der Erfahrung des Mangels und der Abhängigkeit, wuchs bei Onkel Julius und Großmutter allmählich der Wunsch, sich aus dieser Lage zu befreien. Sie wollten wieder in einer eigenen Wohnung leben, nicht mehr nur in einem einzigen kleinen Zimmer. Sie wollten auch den Gedanken loswerden, dass sie das Zimmer, das man ihnen zwar gern überließ, einer jungen Familie wegnahmen. Was würde erst werden, wenn mein Vater aus der Gefangenschaft heimkehren würde? Es war jedoch unmöglich, eine Wohnung zu finden und auszuziehen. München war weitgehend zerstört. Es fehlten mehrere hunderttausend Wohnungen. Die Lage auf dem Wohnungsmarkt war aussichtslos. Und doch konnte es auf die Dauer so nicht weitergehen.

Zu solchen Überlegungen gesellte sich bei Onkel Julius noch ein andersartiger Grund für seinen Wunsch nach Veränderung, der in seinem tiefsten Inneren seinen Ursprung hatte. Er stammte ja aus einer Schaustellerfamilie und hatte den größten Teil seines Lebens auf Rädern zugebracht. Er war, wie seine sieben Geschwister, in einem Wohnwagen zur Welt gekommen. Er war im schweizerischen Winterthur geboren, war in Norddeutschland aufgewachsen, hatte in Berlin bei der Hertha Fußball gespielt, war vierzehntageweise bald hier, bald dort zur Schule gegangen und kannte fast alle großen Volksfeste Deutschlands. Seine Eltern waren im fahrenden Gewerbe eine angesehene Familie. Hempels traditionsreiche Tierschau bereiste ganz Deutschland und präsentierte Dressurakte mit Löwen und Tigern. Eines dieser wilden Tiere hatte ihm vor Jahren mit der Pranke an der Wange eine Reißwunde zugefügt, die ihm als Narbe zeitlebens geblieben ist und die mir als Kind viel Bewunderung und Respekt einflößte.

Onkel Julius hatte die Schaustellerei sozusagen im Blut. Er war nur wegen seiner Heirat mit Großmutter und wegen des Krieges sesshaft geworden. Was Wunder, wenn nun, nach dem Verlust von Hab und Gut in einer Münchner Bombennacht und wegen der Einengung seiner Existenz durch häusliches Unbehagen, der Schaustellerinstinkt in ihm wieder erwachte. Konnte er nicht in einem Wohnwagen das ersehnte neue Heim finden und als Schausteller seine Selbstständigkeit wiedererlangen?

Das war leichter gedacht als getan. Auch Wohnwagen waren damals nicht aufzutreiben.

Aus den Wirrnissen und unglücklichen Umständen der Nachkriegszeit heraus bahnte sich jedoch, durch eine glückliche Fügung, ein Ausweg an.

Dieser neue Lebensweg nahm seinen Ausgang von einer riesengroßen, unbebauten und brach liegenden Wiesenfläche in Untermenzing. Sie erstreckte sich zwischen dem Schulhaus und der Eisenbahnlinie, die nach Dachau führte. Anfangs weidete dort noch manchmal eine Schafherde. Ansonsten wurde sie zunächst nur vom örtlichen Sportverein genutzt, der dort sein Fußballfeld angelegt hatte. Zwischen dessen Toren habe später auch ich eine Zeit lang mit großer Begeisterung, wenn auch mit begrenztem sportlichem Erfolg, an Schülerspielen des SV Untermenzing mitgewirkt. In den letzten Kriegsjahren wurden dann auf dieser Wiese einige FLAK-Geschütze (F̲lugzeug A̲bwehr K̲anonen) aufgestellt. Sie waren zum Schutz und zur Tarnung in ausgebaggerte, kreisrunde Vertiefungen abgesenkt worden. In weiteren Bodenlöchern waren ein Horchgerät, der Befehlsstand und die Mannschaftsunterkünfte untergebracht. Wegen dieser militärischen Nutzung wurde das Gelände auch »Flakwiese« genannt. Seit den 60er Jahren ist es mit Wohnhäusern bebaut.

Bevor ich wieder auf Onkel Julius zu sprechen komme, will ich noch erwähnen, dass die Stellungen auf der Flakwiese für kurze Zeit auch meinen lieben Onkel Alois, den Bruder meiner Mutter, beherbergt haben. Er wurde als Soldat für einige Wochen dorthin beordert, ehe er nach Westdeutschland und anschließend in die Normandie verlegt wurde. Seine Besuche bei uns, auch die späteren, waren für mich immer Festtage, denn er konnte sehr gut Akkordeon spielen. Wir liehen dann immer ein Instrument aus, denn ich liebte es, wenn er uns vorspielte. Wenn bei »Heinzelmännchens Wachparade« seine Finger die Tasten zum Perlen brachten, war ich zu seinen Füßen hingegossen vor Bewunderung.

Nun aber zurück zu Onkel Julius. Er machte auf der Flakwiese eines Tages die Entdeckung seines Lebens. Er bemerkte, dass in einem der Erdlöcher ein Wohnwagen stand, der den Soldaten als Wachstation und Schlafquartier gedient hatte. Nun, nach dem Ende des Krieges, war er verlassen und unbeachtet.

Onkel Julius war wie vom Blitz getroffen. Seine Schaustellerseele frohlockte. Nachdem er sich von der Unversehrtheit von Dach, Türen und Fenstern und von der Funktionstüchtigkeit des Fahrgestells überzeugt hatte, wandte er sich unverzüglich an die zuständigen Behörden und konnte den Wagen ohne Schwierigkeiten für eine bescheidene Summe erwerben. Ein Traktor zog ihn aus seiner Versenkung, und binnen weniger Tage stand er Am Fesenacker, der unbefahrenen Stichstraße vor unserem Haus. Onkel und Großmutter waren glücklich. Sie hatten nun nicht nur die Hoffnung auf ein eigenes Heim. Sie hatten auch wieder eine berufliche Perspektive und verfügten über einen neuen Lebensentwurf.

Der Militärwagen musste natürlich nun zu einem Wohnwagen

umgebaut werden. Innenverschalungen aus Pressspan mussten angebracht und Zwischenwände eingezogen werden, ein neuer Boden und elektrische Leitungen mussten verlegt werden, Ofen und Kamin waren zu setzen, Kästen, Schränke und Möbel waren einzubauen, innen und außen musste alles gestrichen werden. Ein riesiges Arbeitsprogramm war zu bewältigen, wobei das Schwierigste die Materialbeschaffung war, denn es gab ja so gut wie nichts zu kaufen. Alles musste »organisiert« werden. Onkel und Großmutter haben jede freie Minute an ihrem Werk gearbeitet, und auch ich wurde dabei als Handlanger zum Helfen kräftig herangezogen.

Onkel Julius hatte sich natürlich einen Plan für seinen Einstieg ins selbstständige Schaustellergeschäft zurechtgelegt. Er wusste, dass er ganz klein anfangen musste, vom Nullpunkt an. Er plante eine Wurfbude, in der man mit Stoffbällen Zylinderhüte von bewegten Holzköpfen abwerfen musste, um Papierblumen und andere kleine Preise zu gewinnen. Er ließ sechs Köpfe drechseln und bemalen, die massiven Hüte und die Wurfbälle wurden von Großmutter genäht. Sein Zeitplan sah vor, dass bis zum Herbst 1946 alles fertig sein sollte, so dass er seine Wurfbude beim Münchner Oktoberfest eröffnen könnte.

Diese Bude aber musste von Onkel Julius zuerst geplant und gebaut werden. Sie bestand aus einem Gerippe von verschraubbaren Pfosten, Brettern und Dachsparren und aus einer Leinwandbespannung. Wo Onkel Julius all dieses Material auftrieb, weiß ich nicht. Seine hohe handwerkliche Begabung ermöglichte ihm jedenfalls, alles genau zu bemessen, zuzuschneiden und zusammenzufügen, so dass das Gerüst nicht nur leicht auf- und abzubauen war, sondern auch noch in einem Gehänge unter dem Wohnwagen zentimetergenau verstaut und transportiert werden konnte. All das legte er sich im Kopf zurecht. Denn zeichnen konnte er nicht.

Sein besonderes Augenmerk verdienten die einzelnen Holzteile. Damit das Holz an den Enden und an den gebohrten Löchern nicht absplittern konnte, versah er diese mit Bandagen aus leichtem Blech, die den Holzkern umspannten und zusammenhielten. Diese Blechbänder mussten mit unzähligen kleinen Nägeln festgehämmert werden, wobei die Nagellöcher jeweils mit einem Dorn zunächst vorgebohrt werden mussten. Ich war stundenlang damit beschäftigt, solche Blechstreifen zuzuschneiden und dann mit Nägeln festzuklopfen. Dabei war ich Onkels ständiger Handlanger und Zuarbeiter. So manche meiner Fingerkappen lief blau an, wenn ich mich mit dem Hammer wieder einmal auf die eigenen Finger geschlagen hatte. Aber bei all diesen Arbeiten habe ich, ohne es zu merken, handwerklich viel gelernt, wofür ich Onkel Julius noch heute dankbar bin.

Ja, das Nageln! Das Hauptproblem war ja, trotz so mancher Blutblase unter einem Fingernagel, nicht das Hämmern, sondern die Beschaffung der Nägel. Es gab einfach keine Nägel zu kaufen. Wenn Onkel Julius irgendwo ein Brett liegen sah, in dem noch rostige Nägel steckten, bog er diese mit Hammer und Zange zurecht und schlug sie von der Spitze her so weit aus dem Holz, dass er sie auf der anderen Seite mit einer Beißzange kurz hinter dem Nagelkopf fassen und aus dem Holz ziehen konnte. Auf diese Weise sammelte er hunderte von alten, krummen Nägeln verschiedenster Länge und Stärke, die er in einer Blechbüchse aufbewahrte, und die ich dann irgendwann, so gut es ging, auf einer Steinplatte geradeklopfen musste. Leider ging es nicht immer gut. Mein Hammer unterschied nicht immer genau genug zwischen Nagel und Fingernagel, so dass sich, wie bereits beschrieben, an meinem linken Daumen und Zeigefinger immer wieder eine gewisse Blaufärbung einstellte. Immerhin wanderten die geradegeklopften Nägel nun in eine zweite Büchse mit einem Sortiment von guten, noch verwendbaren Nägeln, die bei der Reparatur des

Wohnwagens und beim Bau der Wurfbude wertvolle Dienste leisten konnten.

Die Sorge um das Auftreiben von Nägeln führte im übrigen meinen Lehrmeister und mich zu einem Erlebnis, auf das wir, hätten wir seinen Verlauf geahnt, gerne verzichtet hätten. Es war eine Art »Nagelprobe«, die ganz harmlos begann, dann aber recht dramatisch endete.

Onkel Julius arbeitete im Freimanner Eisenbahnausbesserungswerk der Reichsbahn, das unter amerikanischer Besatzung stand und von den Amerikanern auch bewacht wurde. Es war ein weitläufiges Areal, welches von einer übermannshohen Backsteinmauer umgeben war. Innerhalb dieser Einfriedung standen, in rechtwinkliger Reihung angelegt, eine große Anzahl von ziegelroten Hallen und Werksgebäuden, zwischen denen ein Netz von breiten Straßen und Gleisen verlief, die den Verkehr zwischen den einzelnen Teilen des Werksgeländes ermöglichten. Gelegentlich patrouillierte ein Jeep der MP, der Military Police, auf diesen Straßen, um die Sicherheit zu gewährleisten.

Die Hallen dienten der Wartung und Reparatur von Eisenbahnwaggons aller Art: von Personen- und Güterwagen, von Dampflokomotiven und Kohlentendern, von Elektroloks und Streckenbauzügen. In anderen Hallen lagerten in großer Vielfalt die benötigten Materialbestände. Vom Stahlträger bis zum Heizungsrohr, von der Glühbirnenfassung bis zur Beilagscheibe musste alles vorhanden sein – zumindest im Prinzip. Der kriegsbedingte Niedergang der Wirtschaft hatte natürlich auch hier große Lücken geschlagen.

Onkel Julius kannte sich auf diesem Gelände aus. Er kannte die meisten Hallen und wusste, was sich in ihnen befand. Es war ihm nicht entgangen, dass in einer dieser Hallen riesige Mengen von Schrauben und Nägeln aller Größen gelagert waren. Sie waren in handgroße Pakete verpackt und diese waren zu großen

Stößen und Stapeln aufgeschichtet. Zur Orientierung steckte in jeder Packung außen ein Exemplar der Sorte von Nägeln oder Schrauben, die das Paket enthielt. Es war unglaublich. Was in keiner Eisenwarenhandlung Münchens zu kaufen war, hier war es in unvorstellbaren Mengen vorhanden!

Das Handwerkerherz des Onkel Julius geriet in Wallung. Er dachte an seinen Wohnwagen und an seine Wurfbude. Was er so dringend brauchte: hier lag es. Er brauchte sich nur zu bedienen.

Aber das kam nicht in Frage. Beim Verlassen des Betriebsgeländes wurde jede Tasche, jeder Rucksack durchsucht. Ein Diebstahl, und wäre er noch so klein gewesen, hätte sofort zu seiner Entlassung und womöglich zu noch Schlimmerem geführt.

Nach langem Überlegen, nach tagelangen Gewissenskämpfen, hatte er schließlich eine Idee. Es war eigentlich keine gute Idee. Aber in Anbetracht seiner Notlage, in Anbetracht auch der Tatsache, dass er nicht voraussah, wozu sie hätte führen können, ist sie menschlich verständlich. Der liebe Gott wird sie ihm sicher verziehen haben.

Onkel Julius hatte bemerkt, dass im Mauerwerk der Umfriedung ein Loch klaffte. Es hatte einen Durchmesser von etwa sechzig Zentimetern und mochte vom Einschlag einer Panzergranate herrühren. Dieses Loch befand sich nur etwa hundert Meter von der Halle entfernt, in der die Nagelpakete lagerten. Konnte er nicht mich durch das Loch klettern und zwei oder drei Pakete Nägel aus der Halle holen lassen? Die Halle war unbewacht und die Straße davor meistens menschenleer.

Ich bin mir sicher, dass der gute Onkel Julius lange um die Entscheidung gerungen hat.

Er erklärte mir, was er vorhatte, und nahm mich schließlich eines Tages auf seinem Fahrrad mit nach Freimann. Wir kamen am Nachmittag an der Außenseite der Mauer an. Es herrschte schönes Wetter.

Vor dem Loch in der Ziegelmauer gab er mir eine alte, lederne Umhängetasche, beschrieb mir noch einmal genau den Weg zum Eingang der zweiten Halle und half mir schließlich durch das Mauerloch.

Ich fand alles so vor, wie er es mir beschrieben hatte.

In der Halle war niemand. Ich steckte drei oder vier Pakete mit Nägeln verschiedener Sorten in meine Umhängetasche und verließ die Halle wieder. Draußen sah ich niemanden. Ich ging sehr schnell zurück und fing an zu laufen, um das Mauerloch zu erreichen.

Da passierte es. Hinter mir fiel ein Schuss. Ich hatte bis zur Maueröffnung noch etwa zehn Meter zurückzulegen. Ich schaute nicht um und rannte. Es fielen noch weitere Schüsse, und ich sah, wie die Kugeln in der Mauer einschlugen, links und rechts neben mir, knapp neben meinem Schlupfloch. Ich kletterte so schnell ich konnte hindurch und wurde nicht getroffen.

Ich bin sicher, dass die amerikanischen Soldaten nicht auf mich gezielt hatten. Hätten sie mich treffen wollen, so hätten sie es bestimmt gekonnt. Sie wollten mir sicher nur einen Denkzettel verpassen und mich vor der Wiederholung ähnlicher Abenteuer warnen.

Auf der anderen Seite der Mauer nahm mich Onkel Julius in Empfang. Er war leichenblass. Er hatte natürlich die Schüsse gehört und hatte Todesängste um mich ausgestanden. Wie glücklich und dankbar lagen wir uns in den Armen und freuten uns, dass trotz der großen Gefahr alles glimpflich verlaufen war!

Die erbeuteten Nägel hatten im Augenblick ihre Bedeutung ganz und gar verloren.

Sie bekamen sie erst wieder, als wir an den folgenden Tagen unsere Handwerkerarbeiten fortsetzten.

Im Sommer erstellte Onkel Julius noch einen montierbaren Veranda-Anbau zur Vergrößerung seines neuen Wohnwagenheims.

Anfang September rollte eine Zugmaschine an und zog den neuen, alten Hempelschen Wohnwagen samt wohlverstauter Bude im Gehänge unter dem Wagenboden, und begleitet von einer lächelnden Großmutter und einem strahlenden Onkel Julius, in Richtung Innenstadt zur Oktoberfestwiese. Der Aufbruch war geschafft.

Zwei Wochen später flogen die ersten Zylinderhüte von den hölzernen Köpfen.

Die Sankt-Martins-Kirche in Untermenzing

»Mein« Würmtal

Ein gewisser Manzo soll sich mit seiner Sippschaft vor mehr als 1200 Jahren in der Gegend niedergelassen haben, wo meine Eltern und ich während des letzten Krieges und danach wohnten. Der Name dieser Gegend, Menzing, geht auf ihn zurück. Man kann nicht sagen, dass Menzing einst westlich von München lag, denn München gab es damals noch gar nicht. Im Jahr 760 ist der Siedlungsplatz urkundlich zum ersten Mal erwähnt. Kurz vor dem Zweiten Weltkrieg wurden Ober- und Untermenzing nach München eingemeindet und bilden seitdem, zusammen mit Allach und Karlsfeld, die nordwestlichen Vorposten der bayrischen Landeshauptstadt.

Die nordsüdliche Siedlungslinie folgte wahrscheinlich dem Verlauf der Würm. Dieses Flüsschen, das in Untermenzing kaum mehr als acht Meter breit ist, fließt aus dem Starnberger See, der früher Würmsee hieß, in nördlicher Richtung bis in die Nähe von Dachau und mündet dort in die Amper und mit dieser später in die Isar. Die späteiszeitliche Würm-Periode ist nach diesem See und nach diesem Flüsschen benannt.

Das Würmtal bietet landschaftliche Schönheiten und birgt manche Stätte von historischer und kunstgeschichtlicher Bedeutung. Bald nach ihrem Abfluss aus dem See schlängelt sich das munter dahinfließende Wasser in Windungen durch das liebliche Mühltal, an steil abfallenden, bewaldeten Hängen sich sputend, dann wieder an weit ausholenden Uferrundungen und Kiesbänken scheinbar verweilend, doch immer gesäumt und gleichsam überdacht von üppigem, über das Bachbett hängendem Laubwerk. Vor der uralten Ortschaft Gauting liegt rechter Hand die Reismühle, wo Karl der Große zur Welt gekommen sein soll. Es folgen die verschiedenen Brücken von Planegg, dann von Pasing. In dessen Pfarrkirche Maria Schutz durfte ich später das Sakrament der Firmung empfangen. Auf dem linken Würmufer schließt sich Pipping an, mit seinen sehenswerten Flügelaltären in gotischem Kirchenraum. Dann taucht rechts bereits die Blutenburg auf, dieses Juwel spätmittelalterlicher Baukunst, das die Herzöge von Bayern an die Gestade der Würm stellten und das Herzog Sigismund am Ende des fünfzehnten Jahrhunderts erweiterte. Es ist flankiert vom Kleinod seiner Schlosskapelle, in der Jan Pollak und Erasmus Grasser gewirkt haben.

Damit hat die Würm Menzing erreicht. Besonders schön ist ihre Uferlandschaft vor Blutenburg und zwischen Ober- und Untermenzing. Zwischen Wiesenflächen bahnt sie sich dort ihren leicht geschwungenen Weg, stets beschattet von mächtigen alten Laubbäumen, die ihrem Lauf eine besondere Anmut verleihen. Bei uns zu Hause hängt ein sehr ansprechendes großes Ölgemälde, das eine solche Flusslandschaft in der Abenddämmerung zeigt. Es ist das Werk eines Schweizer Malers namens Rüthi-Süli, der um die Zeit des Ersten Weltkriegs in München gelebt und gemalt hat. Es könnte die beschriebene Szenerie darstellen. Wenn ich an diesem Bild vorübergehe, denke ich oft an Menzing.

Damit bin ich mit dem Flusslauf in »meinem« Würmtal angekommen. Es reicht von der Inselmühle bis zum Allacher Würmtalhof und weckt natürlich in mir unzählige Erinnerungen an meine Kindheit in der Nachkriegszeit. Einige davon will ich hier erzählen.

Der Mittelpunkt von Untermenzing ist die Pfarrkirche Sankt Martin, sowohl in baulicher wie auch in geschichtlicher Hinsicht. Sie steht unweit der Hauptstraße, hinter hohen Kastanien fast versteckt und umgeben von einem malerischen Friedhof. Sie ist eine jener wehrhaft wirkenden Landkirchen des späten fünfzehnten Jahrhunderts, wie man sie im Umland von München häufig antrifft. Ihr Langhaus ist eher niedrig, hat gotische Fenster und einen Anbau am westlichen Eingang. Der Turm ist gedrungen, hat ein Satteldach mit gotischen Stufengiebeln und trägt als Ornamente, in vier Geschossen angeordnet, flache Blendarkadenbänder. Der Innenraum der Kirche wirkt wegen der geringen Anzahl der Fenster düster. Der wertvolle gotische Altar, der durch einen einfacheren Renaissance-Altar ersetzt wurde, befindet sich im Bayrischen Nationalmuseum in München.

Bei den drei Sonntagsmessen war die Kirche immer voll. Es wurde viel gesungen. Der Pfarrer, der hochwürdige Herr Stadtpfarrer Oeller, war sehr beliebt. Nach dem Zehn-Uhr-Gottesdienst saß er mit den Männern seiner Gemeinde im Gasthof »Zur Schwaige« beim Stammtisch. Wir Kinder konnten uns in einem kleinen Raum neben der Kirche ein paar Bücher ausleihen. Sie standen in einem einzigen schmalen Schrank und waren alt und zerlesen. Bücher waren ja etwas Kostbares. Es gab keine zu kaufen.

Wir hatten den dürftigen Bestand an Jugendbüchern bald ausgelesen.

Der westliche Friedhofsausgang hinter der Aussegnungshalle führte über ein paar Stufen hinunter zu einer kleinen Brücke über die Würm, die unmittelbar unterhalb der Friedhofsmauer vorüberfließt.

Die Friedhofsmauer an der Würm

Heute führt dort ein schön überdachter Holzsteg hinüber zum neuen Friedhof. Auf den Auwiesen neben der Würm spielten wir an Wochentagen manchmal Fußball, auch im Winter, wenn sich herumgesprochen hatte, dass einer von uns Buben einen Ball hatte. Auch Bälle waren eine Rarität.

Auf der Straßenseite des Friedhofs, am Beginn der Hauptstraße von Untermenzing, die damals noch Adolf-Hitler-Straße, bald aber Eversbuschstraße hieß, hatte der Schuster Knöferl seine Werkstattt. Er war eine originelle Figur, klein gewachsen, emsig bei der Arbeit und sehr gesprächig. Wenn man seinen winzigen Laden betrat, um Schuhe zu bringen oder abzuholen, dann kam man unter einer halben Stunde nicht wieder heraus. Er erzählte mit einem nicht enden wollenden Redeschwall frühere Erlebnisse und vor allem seine Erlebnisse im KZ Dachau. Er war nämlich überzeugter Kommunist und hatte mit seiner Überzeugung nie hinter dem Berg gehalten, auch wenn er deswegen verhaftet und immer wieder eingesperrt wurde. Mit seiner redlichen Haltung, mit seinem offenen, geraden Wesen verschaffte er sich die Achtung seiner Kunden, auch wenn sie seine Ansichten nicht immer teilten. Eifrig hämmernd saß er hinter seinem eisernen Dreifuß, mit jedem Schlag seinen Kampf um mehr Gerechtigkeit in der Welt bekräftigend, aber auch stets bereit zu einer schalkhaften Antwort oder zu einem Witz. Wenn es einem schließlich gelang, seine Werkstatt zu verlassen, so gab er einem aus seinen gütigen, hellblauen Augen einen aufrichtigen Blick und einen treuherzigen Gruß mit auf den Weg.

Die Eversbuschstraße verläuft von hier aus in leichten Kurven und in einem Abstand von etwa hundert Metern dem Würmufer folgend in nördlicher Richtung durch das Dorf Untermenzing. Gleich rechts ging es zur Flakwiese und zum Pfarrhof und dann folgte das Schulhaus. Dort habe ich, bis zum Übertritt ins Gymnasium, ein Jahr lang die vierte Klasse besucht. Der Unterricht war ja im Herbst 1944 wegen der Luftangriffe ganz eingestellt worden, so dass alle Schulkinder bis zum September 1945 über ein Jahr lang sozusagen verlängerte Ferien hatten.

Mein Schulweg führte mich an einigen der großen Bauernhöfe des Ortes vorbei, am Grasmoar- und am Baldaufhof, bis zum Kriegerdenkmal und zum Schmozenbauern. Dort musste ich links in die Adolf-Wagner-Straße einbiegen, die spätere Auenbruggerstraße, und dann die Würm überqueren. Manchmal gingen wir auch über die Brücke beim Baugeschäft Korbinian Beer auf dem etwas kürzeren Weg am linken Würmufer entlang. Dort gab es, noch vor der Brücke, ein Sägewerk und einen Holzlagerplatz. Um dessen riesige Bretterstöße herum spielten wir gerne Fangen und Verstecken.

Ab und zu begegneten wir dort dem Schneider Michi. Das war ein belustigendes und gleichzeitig aufregendes Erlebnis. Der Schneider Michi war ein schmuddeliger älterer Mann, den man in Frankreich als clochard bezeichnet hätte. Er trug eine Brille und hatte einen ungepflegten Stoppelbart. Seine struppigen grauen Haare waren jahraus jahrein von einer runden, gestrickten Wollkappe bedeckt. Er hatte einen schäbigen, schwarzen Mantel an, hinkte und benutzte einen Gehstock. Er war das Gespött der Schulkinder, denn er wohnte in einem armseligen Verschlag und hielt sich eine Ziege. Wo immer Kinder ihm begegneten, riefen sie ihm nach:

Schneider Michi, meck, meck, meck!
Schneider Michi, meck, meck, meck!

Dies geschah jedoch nur in genügend großem Abstand.

Denn alsbald schwang der Schneider Michi wütend und drohend seinen Stock und machte Anstalten, die Kinder zu verfolgen. Er konnte jedoch nicht schnell genug laufen. Die Kinder liefen kreischend davon, bis sie in Sicherheit waren, und dann begann das Spiel von neuem. Es war ein erheiterndes, wenn auch grausames Spiel.

Im Sommer nutzten wir die Würm an zwei Stellen zum Baden. Die Gaststätte Inselmühle verfügte über ein Familienfreibad, dessen Schwimmbecken von der Würm durchflossen wurde. Es war für heutige Verhältnisse wenig einladend. Das Wasser war trüb und schmutzig. Es schoss in einem schrägen Kanal mit hoher Geschwindigkeit vom höheren Niveau des Bachbetts in das tiefer liegende Becken. Daneben aber gab es eine zur Mühle gehörende Schleuse, die geöffnet werden konnte und das oben gestaute Wasser in hohem Bogen etwa zwei Meter herunterstürzen ließ. Dieser Wasserfall lockte uns Buben am meisten an. Wir stellten uns entweder unter das runde Dach dieses Wasserfalls, oder wir ließen uns von dessen Wucht treffen und ins Becken schleudern.

Unsere andere Badestelle war kostenlos. Hinter der Wäscherei Ortner gab es einige Gumpen. Es waren die einzigen tieferen Stellen in dem sonst nur knietiefen Bach, wo man einige Armzüge weit schwimmen konnte. Unsere Lust, in der Würm zu baden, wurde jedoch getrübt, als wir eines Tages in ihrem Wasser einen toten Hasen treiben sahen.

Im Winter waren die Möglichkeiten, sich im Freien zu vergnügen, begrenzt. Immerhin gab es das Eisstockschießen. Unmittelbar neben der Würm, nur durch eine meterbreite Böschung von dieser getrennt, lag der Schmozenweiher. Er gehörte dem Schmozenbauern und hatte früher als Rosstränke gedient. Er war nur etwa 60 Meter lang und 25 Meter breit. Aber wenn er zugefroren war, bot er eine schöne Fläche für das vergnügliche Spiel des Eisstockschießens. An Sonntagen herrschte dort reger Betrieb. Es wurde auf zwei oder drei Bahnen gespielt. Die längste Bahn war die der Männer, die mit ihren schweren Stöcken und mit ihrer Kraft die ganze Länge der Eisfläche bespielen konnten.

Wir Kinder schauten meistens nur zu. Wir fieberten mit, wenn eine Mannschaft dem Sieg nahe war. Schlittschuhläufer gab es übrigens nicht. Zum einen war bei dem sonntäglichen Andrang kein Platz für sie. Zum anderen hatte kaum jemand Schlittschuhe. Es gab keine zu kaufen.

Nur zu gerne hätte auch ich mitgespielt, wenigstens an den Wochentagen, wenn hauptsächlich Jugendliche spielten. Aber ich hatte keinen Eisstock.

Mein Freund Schorschi hatte einen. Es war der große und schwere Stock seines Vaters, der noch in russischer Gefangenschaft war. Aber Schorschi wusste, wo man sich einen Eisstock beschaffen konnte, und meine Mutter gab mir die Erlaubnis für die Anschaffung.

Es gab in Allach einen Wagnermeister, der Holzstöcke herstellen konnte. Wir mussten eine Dreiviertelstunde lang hinlaufen und dann wieder zurück, und nach einer Woche noch einmal, weil der Stock noch nicht fertig war. Nach drei Wochen bekam ich ihn endlich. Ich war glücklich, denn es war ein schön gedrechselter und leichter Stock. Es fehlte nur noch der Eisenring, der ihm das richtige Gewicht geben musste. Nun suchten wir in Untermenzing den Baldauf-Schmied auf. Nach weiteren drei Wochen hatte ich endlich meinen ersehnten Eisstock und konnte auf dem Schmozenweiher mitspielen.

Meine übergroße Freude sollte jedoch nicht lange anhalten. Schon ein paar Tage später, an einem Sonntag, wurde mein leichter Stock vom schweren Stock eines erwachsenen Spielers mit solcher Wucht getroffen, dass er über die Böschung hinweg in die Würm flog. Er kam etwa zwei Meter vom Ufer entfernt auf dem steinigen Grund des Baches zum Stehen und war durch das klare Wasser deutlich zu sehen.

Ich war entsetzt und verzweifelt. Einige Erwachsene und Freunde bekundeten mir ihr Mitgefühl, aber das Wasser war so kalt, dass ein Einsteigen in die strömende Flut nicht in Frage kam. So wandten sie sich schließlich wieder ihrem Spiel zu, und ich blieb allein am Ufer zurück und musste zusehen, wie mein Eisstock, von der Strömung bewegt, auf dem Bachgrund langsam dahintrieb und schließlich meinen Blicken entschwand.

Ich habe selten in meinem Leben so bitterlich geweint wie an diesem Tag. Heulend trat ich den Heimweg an und fiel untröstlich meiner Mutter in die Arme.

Am nächsten Tag suchte ich in Allach eine Stelle auf, wo die Würm vor einer Mühle ein Gatter durchfließt. Aber meine Hoffnung wurde enttäuscht. Ich habe meinen Eisstock nie wieder bekommen.

Eine zweite Winterfreude war für mich ebenfalls von sehr kurzer Dauer. Ich meine das Skifahren. Eine Fahrt in die Berge oder auf eine näher gelegene Piste gab es damals nicht. Außerdem fehlte es an Schuhwerk, an Skiern und Stöcken und an Skikleidung. Dazu kam in Untermenzing der Mangel an skitauglichen Hängen.

Meine Freunde hatten zum Teil noch alte Kinderski und gingen hin und wieder zur ersten Brücke der Stuttgarter Autobahn, um deren seitliche Hänge zum Herunterfahren zu nutzen. Der Weg dorthin war weit. Man musste fast eine Dreiviertelstunde lang laufen.

Meine Mutter hatte irgendwo Langlaufski aus Wehrmachtsbeständen geschenkt bekommen, wie sie unsere Soldaten etwa in Finnland verwendet hatten. Sie waren weiß, hatten in der Mitte einen grünen Streifen und waren, wie alle Langlaufski, sehr schmal und vor allem sehr lang. Sie maßen etwa 2,30 Meter, während ich nur gut einen Meter groß war. Die Bindung bestand aus einer Metallklappe, in die aber meine ausgeliehenen Schuhe nicht passten. Außerdem konnte ich überhaupt nicht Skifahren, hatte noch nie auf Brettern gestanden. Kurzum: Das Experiment war von vornherein zum Scheitern verurteilt.

Meine Freunde nahmen mich trotzdem mit. Während sie den ganzen Nachmittag die relativ steilen Brückenhänge hinunterfuhren, stand ich, immer mehr frierend, oben und wartete. Ich getraute mich nämlich nicht hinterzufahren. Nach zwei oder drei Stunden, als die Abfahrtsspuren gut eingefahren waren, fasste ich mir endlich doch ein Herz und fuhr los. Wie zu erwarten, endete die Fahrt mit einem kapitalen Sturz.

Das wäre nicht so schlimm gewesen, aber ich hatte mich dabei ernsthaft verletzt. Ich war auf den Boden eines unter dem Schnee liegenden zerbrochenen Maßkrugs gefallen und hatte mir dessen Glaszacken ins linke Knie gerammt. Die Wunde war nicht zu sehen, aber sie war tief und blutete stark. Man setzte mich auf einen Schlitten, zog mich nach Hause und lieferte mich bei meiner Mutter ab. Strumpf und Hosenbein waren blutdurchtränkt. Nach einer vorläufigen Versorgung der Wunde setzten nachts die Schmerzen ein. Wir mussten um zwei Uhr früh den Arzt aufsuchen. Doktor Yblacker hat die Wunde genäht. Die Narbe ist noch heute zu sehen.

Das war mein erstes Skivergnügen. Es hat nur zehn Sekunden gedauert. Das Erlebnis zeigt jedoch, dass auch in der Nachkriegszeit noch Gefahren lauerten.

Ein besonders drastisches Beispiel dafür war eine Explosion im Bahnhof von Allach. Einige Monate nach dem Kriegsende – den genauen Zeitpunkt kann ich nicht mehr angeben – flog dort ein ganzer amerikanischer Munitionszug in die Luft. Das Bahnhofsgebäude und die Gleisanlagen, die den Bombenkrieg schadlos überstanden hatten, wurden zerstört und verwüstet. Glücklicherweise wurde niemand verletzt, und auch die unmittelbar neben dem Bahnhof liegenden Werkshallen von Kraus-Maffei wurden nicht beschädigt.

Weniger glimpflich verlief ein Unfall in unserer Wohngegend. Ein Junge in unserem Alter hatte mit Leuchtraketen gespielt, die er in der Nähe der Autobahn gefunden hatte. Dabei kam es zu einer Explosion. Dem Kind wurde die rechte Hand abgerissen.

Dieses Unglück, von dem wir natürlich gehört hatten, hätte Schorschi und mir eine Lehre sein müssen. Aber bei dem Erlebnis, von welchem ich nun noch berichten will, hatten wir diese Lehre bereits wieder vergessen oder glaubten, uns über sie hinwegsetzen zu können.

Wir gingen eines Tages auf unserem Heimweg den schönen Uferpfad an der Würm entlang, die heutige Behringstraße. Wir hatten den Friedhof noch nicht weit hinter uns gelassen und waren allein. Die Nachmittagssonne stand hinter uns am südwestlichen Himmel. Ihre Strahlen fielen schräg ins klare Wasser und ließen an vielen Stellen den steinigen Grund des Bachbetts plastisch hervortreten.

War es Schorschi oder ich, der die Entdeckung zuerst machte? Einer von uns beiden jedenfalls sah im Wasser etwas glänzen. Wir stiegen einige Schritte zum Ufer hinunter und konnten erkennen, dass dort, auf dem Gesteinsgrund und überspült vom Wasser der Würm, messingfarbene Patronen lagen. Nicht nur ein paar, nein, ganze Garben von Maschinengewehr-Patronen! Es war eine aufregende Entdeckung. Wie kamen sie dorthin? Wahrscheinlich hatte sie ein Soldat kurz vor dem Kriegsende dort weggeworfen.

Ein geheimer Schatz lag vor uns! Er wartete auf uns. Wir waren sofort entschlossen, ihn zu heben, und selbstverständlich wollten wir unser Geheimnis niemandem preisgeben.

Wir waren erregt. Auf unserem weiteren Weg überlegten wir, wozu wir die Munition gebrauchen könnten. Die Geschosse und die Hülsen erschienen uns weniger interessant, umso mehr aber das Pulver, das sie enthielten. Wir konnten es wirkungsvoll verbrennen.

Wir nahmen uns vor, am nächsten Tag die Patronen aus dem Wasser zu holen, sie in ein Versteck zu bringen und zuerst trocknen zu lassen.

Am nächsten Morgen brachen wir mit einer großen Tasche auf. Die Patronen lagen noch in der Würm. Wir hoben eine Garbe, die in meiner Erinnerung mindestens einen Meter lang war, vorsichtig aus dem Wasser, ließen sie abtropfen und legten sie dann behutsam in unsere Tasche. Niemand hatte uns gesehen.

Nun trugen wir unseren Schatz bis zum Baugeschäft Beer, bogen an dessen nördlicher Einfriedung, neben der sich ein einsames Feld erstreckte, links ein und liefen etwa dreihundert Meter weit an diesem Zaun entlang, bis zu deren Ende. Dort standen vereinzelte Büsche, weit entfernt von den Wohnhäusern der Auenbruggerstraße. Unter diesen Büschen versteckten wir unseren kostbaren Fund.

Am Nachmittag kehrten wir zu unserem Versteck zurück. Wir lösten zuerst die einzelnen Patronen aus der Halterung der Garbe und versuchten dann zum ersten Mal, eine Patrone zu öffnen. Wir wussten, dass das eine heikle Arbeit war, denn der Geschosskopf saß fest auf der Hülse und konnte nur durch leichtes Klopfen aus seiner Umklammerung gelöst werden. Dabei war besonders darauf zu achten, dass der Auslöser auf der unteren Seite der Patronenhülse nicht erschüttert wurde, denn das hätte zu einer Explosion führen können.

Schorschi löste diese schwierige und gefährliche Arbeit mit Bravour. Er hielt die Patrone mit zwei Fingern, legte sie schräg auf einen Stein und klopfte mit einem zweiten, kleineren Stein vorsichtig so lange auf den oberen Rand der Hülse, bis der Geschosskopf locker wurde und sich herausnehmen ließ. Nun war die Patronenhülse offen, und er konnte das graue, kleinkügelige Pulver in eine Büchse schütten.

Ich hatte Schorschi bei dieser Arbeit genau zugeschaut und

konnte bald so verfahren wie er. So öffneten wir an einem Nachmittag einige Dutzend Patronen. Der Boden unserer hochformatigen Büchse war bald mit Pulver bedeckt.

Unser Ziel war es, unsere etwa zwanzig Zentimeter hohe Blechbüchse mit Pulver zu füllen und dieses später zu entzünden. Dazu mussten wir noch oft aus unserem Patronenarsenal in der Würm Nachschub holen, die getrocknete Munition unter unseren Büschen zwischenlagern und schließlich die Patronen öffnen. Dieses Horten von Pulver zog sich über Wochen hin. Niemand hat uns dabei gesehen. Niemand hat uns erwischt.

Endlich war der Tag des großen Feuerwerks gekommen. Unsere inzwischen schwer gewordene Blechbüchse war zu vier Fünfteln gefüllt. Schorschi hatte eine Zündschnur besorgt. Einen geeigneten Ort für die Ausführung unserer pyromanen Großtat hatten wir ebenfalls schon ausgesucht. Er lag auf einer brach liegenden Wiese links vom Pasinger Heuweg, etwa zweihundert Meter vom letzten Wohnhaus der Siedlung entfernt. In diesem Anwesen wohnte offenbar eine Schweizer Familie, denn seit langem hing dort an einem Masten die rote Fahne mit dem weißen Kreuz – wohl ein Relikt aus den Tagen der Ankunft der amerikanischen Panzer.

An dieser von uns auserwählten Stätte verliefen einige Bodenwellen. Wir stellten unsere oben offene Büchse in eine kreisrunde Vertiefung, legten die Zündschnur an und gingen in etwa zwanzig Metern Abstand in Deckung. Die sehr lange Zündschnur brannte aufreizend zögerlich ab. Wir warteten fast zehn Minuten.

Dann aber kam die Belohnung für unsere Zielstrebigkeit und Ausdauer.

Aus unserer Büchse schoss eine gewaltige, zischende Stichflamme etwa zwanzig Meter hoch zum Himmel. Wir duckten uns und hielten den Atem an. Nach zwei Sekunden war alles vorbei.

Wir waren glücklich.

Wir hatten das Element Feuer beherrscht! Uns hatte es gehorcht!
Niemand hatte etwas bemerkt. Nicht einmal die Schweizer nebenan!
Niemand wusste von den wochenlangen Gefahren, die uns umlauert hatten.

Außer unseren Schutzengeln.

Herbstfest 1946 auf der Theresienwiese

Über doppelten Rädern

Das Münchner Herbstfest von 1946 trug zu Recht nicht den Namen Oktoberfest. Es war ein bescheidener Ersatz für die weltberühmten Volksbelustigungen früherer oder späterer Jahre. Zu stark bluteten noch die Wunden, die der Krieg der Stadt zugefügt hatte.

Das Fest spielte sich zwar auf der Theresienwiese ab. Groß war der Andrang der Münchner um Schiffschaukeln, Kettenflieger, handbetriebene Kinderkarussells, Schaubuden und Rutschbahnen. Beim Schichtl wurde bereits wieder eine Frau lebendig zersägt, und der Billige Jakob pries sogar schon preiswerte Hosenträger an:

> Der lasst se biagn,
> der lasst se ziagn.
> Der is elastisch,
> des is fantastisch!

Aber die leiblichen Genüsse waren äußerst eingeschränkt. Es fehlten die gebratenen Hendl und Ochsen, es fehlte das Starkbier, es fehlten Wurstsemmeln und Brezen, es fehlte Zuckerwerk jeglicher

Art. Es fehlten auch Steilwandfahrer, Riesenräder und Achterbahnen.

Eine alte Fotografie (siehe S. 40) zeigt die Menschen bei diesem Herbstfest zwar in großer Zahl, aber sehr einfach gekleidet. Ihr verständliches Verlangen nach Vergnügen ist zu spüren. Aber bei knurrendem Magen will sich trotz elektrischer Spielorgelmusik keine wirkliche Ausgelassenheit einstellen. Im Hintergrund veranschaulicht die zerstörte Sankt-Pauls-Kirche den gedämpften Grundton der herrschenden Stimmung.

Links auf dem Bild ist eine Bude zu sehen. Es ist nicht die Wurfbude von Großmutter und Onkel Julius, aber so ähnlich hat ihre Bude ausgesehen. Hinter ihr stand der Wohnwagen mit den geöffneten Markisen der einladenden Veranda. Dorthin konnten sie sich für Minuten zum Trinken und Essen einzeln zurückziehen, wenn das »Geschäft« es zuließ. Auch ich habe in der Wurfbude stundenweise mitgeholfen.

Die Einnahmen waren beträchtlich. Sie mussten auch, nach diesem letzten Glied in der Kette der jährlichen Volksfeste, bis zum ersten Frühlingsfest des folgenden Jahres als Reserve für den Lebensunterhalt vorhalten.

Nach diesem Herbstfest folgte, wie jedes Jahr nach dem Oktoberfest, die Zeit des Überwinterns. Onkel Julius und Großmutter fanden im Münchner Südwesten in der Nähe der Amorbahn, einer ovalen Radrennbahn, die es schon lange nicht mehr gibt, einen Abstellplatz für ihren Wohnwagen. Vor dem Anbruch des Winters überbaute ihn Onkel Julius mit einem Zeltdach, um ihn vor dem Schnee zu schützen. Den Wohnraum konnte man gut beheizen. Er war heimelig eingerichtet. Ich habe mich dort immer wohlgefühlt.

Um sich eine kleine Einnahmequelle zu erschließen, schaffte sich Onkel Julius einen Fliegenden Hund an. Das ist eine Art große Fledermaus mit einer Flügelspannweite von fast einem Meter. Er hängt immer mit dem Kopf nach unten. Der Onkel kannte diesen exotischen »Vogel« noch von der Tierschau seiner Eltern her. An manchen Sonntagabenden ging er mit »Hansi« in Wirtschaften, erklärte den Gästen dessen Lebensweise und ließ ihn fliegen. Dabei hängte er ihn an eine Stuhllehne und ließ ihn auf seinen Lockruf hin etwa zehn Meter weit zu sich herfliegen. Die bewundernden Zuschauer lohnten ihm seine Vorführung mit einer kleinen Münze. Als ich schon ins Gymnasium ging, durfte ich von Sonntag auf Montag manchmal bei Großmutter und Onkel Julius die Nacht verbringen. Wie rührend war es, wenn meine liebe Großmutter morgens beim Abschied vor meinem Gang zur Schule mir sechs oder acht Zehn-Pfennig-Stücke aus der abendlichen Einnahme zusteckte.

Das folgende Frühjahr 1947 brachte für das zu neuem Leben erwachte Schaustellerpaar die ersten Auftritte außerhalb von München. Sein im Winter bewährter Wohnwagen wurde zum ersten Mal auf einen Eisenbahnwagen verladen und machte seinen Antrittsbesuch in Niederbayern.

Groß war die Freude der Rottaler über die Bereicherung ihrer Dorffeste durch eine originelle Wurfbude aus München. In Ruhstorf, in Tittling und in vielen anderen Ortschaften riss man sich um den Auftritt der bemalten Zylinderköpfe. Sie wurden überall begeistert aufgenommen. Das Geschäft auf den meist nur drei Tage dauernden Festen ging glänzend.

Auch ich durfte während meiner Oster- und Pfingstferien anreisen und mithelfen. Besonders schön waren die Fahrten von einem Rummelplatz zum nächsten. Ein Traktor zog den Wohnwagen auf kleinen unasphaltierten Sträßchen durch das Land. Dabei konnte ich bei offenem Fenster auf dem Sofa liegen. Es war wie Reisen in einem Liegewagen erster Klasse.

Einmal – es war wahrscheinlich 1948 – durfte ich zum Volksfest nach Passau fahren, und zwar mit meinem Fahrrad. Das war für mich ein echtes Abenteuer, denn die Strecke, die ich nicht kannte, war etwa 160 Kilometer lang. Ich fuhr um vier Uhr morgens los, zuerst durch das menschenleere München. Aber auch die großen Landstraßen außerhalb der Stadt waren sehr wenig befahren. Die meisten Deutschen hatten ja kein Auto. Ab und zu begegnete ich einem Lastwagen oder einem amerikanischen Militärfahrzeug. Bei schönstem Wetter ging es über Haar, Mühldorf und Pocking. Bereits am Nachmittag kam ich in Passau an. Ich war abgekämpft, aber stolz auf meine sportliche Leistung und wurde – wie immer – herzlich empfangen.

Von der Schönheit der Drei-Flüsse-Stadt war ich sehr angetan. Ich habe sie teils zu Fuß, teils mit dem Fahrrad erkundet. Mit Großmutter durfte ich eine Rundfahrt auf Donau, Inn und Ilz und einen Ausflug auf die obere Festung machen. Der Blick auf die Stadt, die wie ein bebautes Schiff im Wasser liegt, hat mich sehr beeindruckt.

Die Tage bei Großmutter und Onkel Julius waren reich an Freude und Zuneigung, nur vergingen sie zu schnell. Nach einer Woche schon musste ich die lange Heimfahrt mit dem Fahrrad antreten. Die Anstrengung der Reise habe ich vergessen. Geblieben ist die Erinnerung an die schönen Erlebnisse.

Im Sommer durfte ich Großmutter und Onkel Julius erneut nachreisen, diesmal mit dem Zug, nach Weiden in der Oberpfalz. Ich wurde schon erwartet, auch als inzwischen erfahrener Balljunge. Das Geschäft ging, wie meistens, prächtig. Die Weidener kamen in Scharen und mussten sich über den für sie neuen Wurfsport zuerst informieren:

»*Wos mou ma'n do dou?*«
fragten viele.
»*Ah, an Hout o'eschoißn!*«

Der Oberpfälzer Dialekt ist für Münchner Ohren nicht immer leicht zu verstehen.

Die Arbeit in der Wurfbude war für alle Beteiligten anstrengend, besonders bei gutem Geschäftsgang. Während die Erwachsenen die »Kunden« bedienten, ihnen in Metallbehältern die Bälle gaben (»Sechs Bälle eine Mark«) und später die gewonnenen Preise aushändigten, waren zwei oder drei Balljungen ständig damit beschäftigt, die Stoffbälle aus dem Ballfang zu holen oder vom Boden aufzusammeln und wieder zum Ladentisch zurückzubringen. Auch mussten sie die abgeworfenen Zylinderhüte den grinsenden Köpfen wieder aufsetzen. Dabei musste man sehr flink sein und sich ständig in gebückter Haltung bewegen. Einer der Jungen musste das auf Rädern laufende Brett mit den sechs aufgeschraubten Köpfen hin- und herfahren, um das Treffen der Hüte zu erschweren. Bei Hochbetrieb war die Arbeit der Balljungen Schwerstarbeit.

Nach zehn bis zwölf Arbeitsstunden pro Tag am Wochenende fiel man abends erschöpft ins Bett. Wir wurden allerdings auch gut bezahlt. Nach einer Woche Arbeit in der Wurfbude ist mein Sparkassensäcklein immer gewaltig angeschwollen.

Weniger erfreulich war es, wenn manche Werfer, meist abends und in angeheitertem Zustand, statt auf die Holzköpfe auf den Hosenboden der Balljungen oder gar auf deren Köpfe zielten. Da konnte es schon einmal Tränen geben, begleitet vom Gelächter der mutwilligen Wurfschützen, die sich auf diese Weise ein fragwürdiges Vergnügen verschafften.

Aber ich kann nicht sagen, dass es mir schlecht ging. Großmutter spendierte mir einmal ein Täfelchen Schokolade. Das war damals ein ganz außergewöhnliches Genussmittel, das es nirgendwo zu kaufen gab, außer auf dem Schwarzmarkt. Großmutter hatte in einer obskuren Baracke sechzig Reichsmark dafür bezahlt. Außerdem bekam ich so manche Freikarte für Fahrgeschäfte geschenkt. In unserer Nähe stand der Autoskooter der Familie Lindner. Die gute Frau Lindner steckte mir immer wieder zehn oder fünfzehn Freikarten zu. Ich liebte das Skooterfahren. Es war ein herrliches Vergnügen, unbeschwert und lange fahren zu dürfen und dabei andere Wagen zu verfolgen und zu rammen.

Es kam der letzte Sonntag des Weidener Volksfests, und somit stand uns eine arbeitsreiche Nacht bevor. Für sechs Uhr früh war die Ankunft der Zugmaschine vereinbart, um acht Uhr sollte das Verladen unseres Wohnwagens abgeschlossen sein, und im Lauf des Vormittags sollte der Güterzug mit vielen Schaustellerwagen in Richtung Regensburg abfahren. Dort begann nämlich am folgenden Wochenende bereits das nächste Volksfest. Es war also höchste Eile geboten.

Großmutter hatte im Wohnraum bereits mit den Vorarbeiten begonnen. Alles Geschirr zum Beispiel musste in Tücher oder Zeitungspapier eingewickelt werden. Onkel Julius hatte schon die Veranda abgebaut, und mir oblag in dieser Nacht der Abbau der Bude. Ich war bei diesem Abbau schon öfters dabei gewesen, und ich war stolz darauf, dass ich dem Onkel diese Arbeit bereits abnehmen konnte. Er musste mir lediglich beim Herunterholen und Zusammenlegen der Leinwandbahnen helfen. Alles andere konnte ich allein erledigen: das Abnehmen der Schrauben, das Aushängen der Dachsparren, das Lösen der Verankerungen, das Umlegen der vier Wände, das Verstauen aller Pfosten, Bretter und Stützen im Gehänge unter dem Wohnwagen, und vieles andere mehr. Jeder musste an seiner Stelle zielstrebig und flink arbeiten. Gegen sechs Uhr früh war alles in den Wagen gepackt, der Platz war gesäubert, und die Wagendeichsel lag bereit zum Einhängen an der Zugmaschine. Wir waren übermüdet, aber wir waren pünktlich fertig geworden. Nun stand die Fahrt zum Verladebahnhof bevor.

Auch an den Laderampen lief alles reibungslos ab. Die Zugmaschine schob unseren Wohnwagen über stählerne Überbrückungsschienen auf eine Eisenbahnlore mit niedrigen Bordwänden.

Wohnwagen auf Lore

Onkel Julius brachte ihn in die richtige Stellung, fixierte ihn, blockierte die Räder mit Hilfe von acht Keilklötzen und sicherte den Rumpf des Wagens nach allen Seiten hin mit Stahlseilen. So hatte unser Wohnwagen zu seinen vier eigenen Rädern noch Eisenbahnräder dazubekommen (siehe S. 47).

Nun begann das Rangieren. Eine Diesellokomotive brachte die einzelnen Eisenbahnwagen nacheinander auf ein Nebengleis und stellte sie in der richtigen Reihenfolge zu einem Zug zusammen. Dieses Sortieren der Güterwagen, bei dem wir durch das Aufeinanderprallen der Puffer immer wieder erschreckt wurden, dauerte noch etwa zwei Stunden.

Schließlich konnte die etwa hundert Kilometer lange Fahrt nach Regensburg beginnen, und es wäre hier nichts weiter darüber zu berichten, wäre da nicht etwas passiert, was diese kleine Reise für uns drei Passagiere unvergesslich machen sollte. Das will ich zum Schluss noch erzählen.

Wir hatten uns während des Rangierens in unseren Wohnwagen zurückgezogen und hatten uns draußen nicht mehr blicken lassen. Der Transport von Personen auf Güterwagen, auch im eigenen Wohnwagen, war nämlich verboten. Außerdem hätten wir, streng genommen, drei Fahrkarten lösen müssen. Dieses Fahrgeld wollten wir uns sparen, ganz abgesehen davon, dass es viel angenehmer war, in den eigenen vier Wänden zu reisen als im Abteil eines Personenzuges. Wir hielten uns also in unserem Wohnwagen auf. Wir freuten uns auf die Fahrt und hofften auch, ein wenig Schlaf nachholen zu können. Den besten Platz hatte ich. Ich lag in meinem Bett direkt neben dem Fenster, sozusagen im Obergeschoss des Zuges, über doppelten Rädern.

Gegen zehn Uhr fuhr unser Zug ab. Es herrschte schönes Wetter. Unser Wohnwagen – es war übrigens nicht der, der auf S. 47 abgebildet ist – stand auf dem ersten Wagen des langen Güterzuges, unmittelbar hinter der elektrischen Lokomotive.

Wir rollten zunächst langsam dahin, über die weitläufigen Gleisanlagen des Weidener Verschiebebahnhofs. Dann aber, als die Strecke nur noch zweigleisig war und die landschaftliche Umgebung an Reiz zunahm, legte unser Zug deutlich an Tempo zu und fuhr mit einer Geschwindigkeit von etwa sechzig Kilometern pro Stunde.

Diese Geschwindigkeitszunahme zeigte sich jedoch nicht nur im schnelleren Vorüberziehen der Häuser und Bäume. Sie wurde auf einmal auch deutlich spürbar. Unser Wohnwagen wurde nämlich in zunehmendem Maße gestoßen und geschüttelt. Großmutter und Onkel Julius waren beunruhigt und schauten einander ratlos an. Wir stiegen aus unserem Wohnwagen hinunter auf den Boden des Eisenbahnwagens. Auch dieser wurde gerüttelt. Wir spürten sofort: das konnte nicht lange gut gehen. Durch die ständige Erschütterung würde sich die Fixierung unseres Wohnwagens bald lösen, und dann …?

Großmutter fing an zu beten.

Onkel Julius kniete sich auf den Boden und schaute über die vordere Bordwand hinunter zur Kupplung. Als erfahrener Rangierer erkannte er sofort, woher das heftige Rütteln kam. Der Eisenbahner, der unseren Wagen an die Lokomotive angehängt hatte, hatte offensichtlich vergessen, die Spannvorrichtung an der Kupplung anzuziehen. Dadurch war die Kupplung nicht straff gespannt, was bewirkte, dass zwischen den beiden Pufferpaaren ein Spielraum vorhanden war. Die Puffer waren also nicht gegeneinander gepresst, wie es hätte sein müssen. Sie konnten vielmehr gegeneinander stoßen und übertrugen diese Stöße auf den ganzen Wagen.

Onkel Julius warf Großmutter einen vielsagenden Blick zu. Er wies uns an, auf jeden Fall vor dem Wohnwagen zu bleiben und diesen nicht mehr zu betreten. Denn wenn sich die Sicherungsseile lösen sollten, dann würde der Wohnwagen sicherlich nach hinten oder zur Seite stürzen. Es war nicht auszudenken, was dann geschehen würde.

Eine Verständigung mit dem Lokomotivführer war nicht möglich. Es musste schnell gehandelt werden. Und Onkel Julius hat gehandelt.

Er stieg, bei fahrendem Zug, über die Bordwand hinunter zur Kupplung. Für endlos lange Minuten konnten wir ihn nicht mehr sehen, nur die Finger seiner Hand, mit der er sich an der Bordwand festhielt. Dann verschwanden auch sie. Wir waren bleich vor Angst und beteten.

Mit gespreizten Beinen, oder auf den Puffern kniend – wir konnten es nicht sehen – gelang es ihm, den hängenden Kupplungsschwängel mehrmals herauf- und wieder hinunterzudrehen und dadurch die Kupplung zu spannen.

Wir spürten, wie die Erschütterungen schwächer wurden.

Für Großmutter und mich waren diese Minuten des bangen Wartens quälend. Unsere Nerven waren zum Zerreißen angespannt. Mit stockendem Atem flehten wir um Hilfe: »Lieber Gott, lass seinen Einsatz gelingen! Lieber Gott, rette ihn aus der Gefahr!«

Endlich erschienen Onkels Finger wieder am Rand der Bordwand. Er zog sich an ihr herauf und überstieg sie – unversehrt. Das Rütteln und Stoßen hatte ganz und gar aufgehört.

Wir waren zutiefst erregt – und jetzt zutiefst bewegt von überströmender Dankbarkeit. Wir fielen Onkel Julius um den Hals. Es vergingen einige Minuten des Schweigens.

Inmitten dieses Schweigens erschreckte uns der wuchtige Luftstoß eines Schnellzugs, der auf dem Nachbargleis in entgegengesetzter Richtung an uns vorbeiraste.

Was wäre passiert, wenn dieser Zug …?

Wir stiegen zurück in unseren Wohnwagen. Erst jetzt wurden wir gewahr, wie die schöne Sommerlandschaft der Oberpfalz an uns vorüberglitt, unbeteiligt und doch beruhigend.

Onkel Julius

Onkel Julius hat nie von seiner mutigen Tat gesprochen. Niemand hat davon erfahren. Er wollte es nicht. Dabei hat er uns doch aus höchster Lebensgefahr gerettet und eine Katastrophe verhindert!

Diese meine Erzählung soll mein persönliches Denkmal für ihn sein. Sie möge als späte öffentliche Danksagung und Auszeichnung gelten, die ihm für seine heldenhafte Tat gebührt.

Die Brücke

Wer versucht, in Gedanken einen Rundgang durch unsere Münchner Stadt zu machen, dem fallen wohl zuerst die Türme der Liebfrauenkirche mit ihren grünen Kupferhauben ein, die Residenz und der Hofgarten, die breiten Prachtstraßen, das Glockenspiel auf dem Marienplatz, das Oktoberfest und vielleicht das Olympiagelände. So würde es sicher auch jener Touristin ergehen, die an einem herrlichen Frühlingstag auf den Turm des Alten Peter gestiegen war und mir anschließend, begeistert vom Blick auf die Stadt und das vom Föhn in fast greifbare Nähe herangezauberte Gebirge, mit unverkennbar amerikanischem Akzent versicherte: »Die Alpen sind ausgezeichnet!«

Ja, sie sind es, und das meinen nicht nur die fremden Besucher. Die Berge, das Oberland und die Stadt München gehören zusammen, liefern diese ihr doch nicht nur ihr gutes Trinkwasser, sondern auch ihre städtische Flusslandschaft. Als hätte sie es auf ein Ziel abgesehen, so strebt die Isar in raschem Tempo und mit ungeduldigem Gebaren nordwärts, geradewegs auf die Landeshauptstadt zu. Bei Grünwald erreicht sie sie, anmutiges Tal und Auenland hinter sich lassend, rauscht vorbei an den weißen Kiesbänken beim Flaucher und hin zu den ersten Brücken, die sich mit elegantem

Schwung über ihren Lauf spannen: etwa die Wittelsbacherbrücke, die mit allegorischen Plastiken bestückte Reichenbachbrücke, die Ludwigsbrücke, in deren Nähe schon zur Zeit der Stadtgründung die ersten von den »Munichen« erbauten Behausungen gestanden haben sollen, die Maximiliansbrücke, überragt von der ausladenden Fassade des Maximilianeums, wo das politische Herz des Bayernlandes schlägt, und die Prinzregentenbrücke zu Füßen des zwischen üppigen Baumkronen golden gleißenden Friedensengels. In Föhring, unweit der geschichtsträchtigen Emmeramsbrücke, verlässt sie schließlich nach Nordosten hin die städtische Gemarkung, sichtlich erregt nach dem Lauf durch all die Betriebsamkeit eines emsigen Gemeinwesens, betört von den Reflexen seiner glanzvollen Lebenslinien, und auch ein wenig erleichtert, dass nun, mit dem baldigen Erreichen des sanfteren Unterlands, ihr wieder ein etwas beschaulicheres Dasein bevorsteht.

Doch das grün gesäumte Band des Flussbetts, das die Isar der Stadt eingraviert hat, ist nicht der einzige Graben, den das Luftbild Münchens aufweist. Ein weiterer, von ganz anderer Art, aber ebenso unübersehbar, durchzieht den Westen der Stadt in westöstlicher Richtung. Ist jener natürlichen Ursprungs, so ist dieser von Menschenhand geschaffen. Die Rede ist von den Eisenbahnanlagen, von den Gleisen, die, von Westen kommend und ständig sich verbreiternd, über eine Strecke von fast acht Kilometern bis in die Mitte der Stadt führen. Von Pasing und Menzing her treiben diese Gleisstränge eine dübelförmige Schneise in die bebaute Substanz der Stadt bis dorthin, wo der Hauptbahnhof mit seinen zwei Flügelbahnhöfen nahezu den gesamten Nah- und Fernverkehr in Empfang nimmt.

Es lässt sich denken, dass diese nüchterne Eisenbahnlandschaft mit der Lieblichkeit der Isarufer nicht konkurrieren kann. Zwar wird dieser unverzichtbare Verkehrsgraben ebenfalls von Brücken überwölbt – von der Friedenheimerbrücke, der Donnersbergerbrücke und der Hackerbrücke – aber dabei handelt es sich um reine Zweckbauten für den Autoverkehr, jenseits jeglicher Ästhetik. Sie würden eher bei einem Hässlichkeitswettbewerb als bei einem Schönheitswettbewerb einen Preis gewinnen. Ähnlich verhält es sich mit dem, was sonst den Bahnkörper ziert und zu beiden Seiten umrahmt: Fabrikgebäude, Lagerhallen, Lokschuppen, Ausbesserungswerke, Haltepunkte, Rammböcke, Stromleitungen, Beleuchtungsketten, Signale, Stellwerke und so fort.

Warum erwähne ich das alles? Gleisanlagen im Bereich des Bahnhofs gibt es doch in jeder größeren Stadt. Die Antwort lautet: weil ich nun eine Geschichte aus meiner Schulzeit erzählen will, die sich vor dem hier beschriebenen Hintergrund abgespielt hat, und zum anderen, weil ich – der Leser hat es schon gemerkt – meine Heimatstadt liebe, und auch den, mit dem ich diese Geschichte erlebt habe.

Zuallererst ist freilich über diesen Hintergrund noch etwas zu sagen. Bei aller Einheit des Ortes war er damals, vor fast sechzig Jahren, doch ein anderer. München war drei Jahre nach dem Ende der schrecklichen Luftangriffe noch schwer gezeichnet. Kaum ein Haus in der Innenstadt, das nicht zerbombt oder ausgebrannt war. Der Stadtkern glich vielerorts noch einem Trümmerfeld. Dom, Michaelskirche, Residenz, Oper, um nur ein paar Beispiele zu nennen, waren zerstört. Der Hauptbahnhof hatte seine gläsernen Dachwölbungen verloren. Auch viele Schulen waren schwer getroffen worden.

Wie durch ein Wunder hatte unsere Schule, das Wittelsbacher Gymnasium, nur seine Turnhalle eingebüßt. Trotz spürbarer Mängel war dort also der Schulbetrieb noch möglich. Dies führte jedoch dazu, dass einige Jahre lang noch ein zweites, zeitweise sogar ein drittes Gymnasium bei uns einquartiert wurde, so dass bei Schichtunterricht drei Schulen sich ein Gebäude teilen mussten.

Da es damals in den Außenbezirken von München kaum

Gymnasien gab, mussten viele Schüler von dort mit der Bahn in die Stadt fahren, um höhere Schulen besuchen zu können. Zu dieser Gilde der »Fahrschüler« gehörte auch ich. In den ersten Nachkriegsjahren war die Zugfahrt alles andere als angenehm. Die Waggons waren behelfsmäßig zurechtgeflickt, im Winter schlecht oder gar nicht beheizt und häufig überfüllt. Nicht selten musste man bei eisiger Kälte im umgitterten Einstiegsbereich im Freien stehen, weil im Inneren des Wagens auch nicht der kleinste Stehplatz mehr zu ergattern war. Wohl dem, der eine Wollmütze und Handschuhe hatte.

Auf meinem Schulweg war ich fast eine Stunde unterwegs. Anfangs ging ich manchmal barfuß, meistens trug ich Lederhosen. Wenn ich nach einem Fußmarsch von zwanzig Minuten am Allacher Bahnhof ankam, warteten dort schon der Frömelt Horst und der Stauber Michael. Aus dem einfahrenden Zug winkte uns auch oft noch der Haschner Toni, der über Dachau bis von Markt Indersdorf herkam, zu sich ins Abteil. Dort wurden dann die Ergebnisse der Mathe-Hausaufgaben verglichen, englische Vokabeln wiederholt oder ein lateinischer Satz entschlüsselt, den man nicht »rausgebracht« hatte. In Obermenzing kamen noch weitere Klassenkameraden dazu: der Diery Wolfgang, der Eckart Erich, der Koller Konrad, der Glaser Christoph und der Graßmann Eberhard. Über den Nymphenburger Kanal, vorbei an der Schlossmauer, ging es dann weiter auf der bereits beschriebenen Strecke, unter den drei genannten Brücken hindurch. Das Ambiente entlang dieser Trasse, ich wiederhole es, war wegen der Kriegsschäden wenig ansprechend, um nicht zu sagen kläglich. Wir Schüler aber empfanden das gar nicht so bedrückend. Die Anpassungsfähigkeit und der optimistische Blick des Kindes ließen uns über die Tristesse der Szene hinwegsehen und über jeden kleinen Fortschritt bei den einsetzenden Instandsetzungs- und Wiederaufbauarbeiten Freude in uns aufkommen.

Ruinen in der Arnulfstraße

Hatte der Zug schließlich die schwer beschädigte Hackerbrücke passiert und war in die dachlose Halle des Hauptbahnhofs eingefahren, so schob man sich im dichten Gedränge des morgendlichen Berufsverkehrs durch die damals noch üblichen Absperrungen der Fahrkartenkontrolle.

Gelegentlich kam es vor, dass einer von uns seine Monatsfahrkarte zuhause vergessen hatte. Dann musste man im Zug geflissentlich den Wagen meiden, in den der Schaffner einstieg, und im Bahnhof bekam man von einem Mitschüler dessen Fahrkarte durch das Absperrungsgeländer gereicht. Diese konnte man dann gefahrlos dem Kontrolleur vorzeigen.

Beim Verlassen des Bahnhofs durch den Nordausgang starrten uns in der Arnulfstraße die Ruinen der einstigen gegenüberliegenden Häuserzeile an. Aber wir bemerkten sie bald nicht mehr. Man kann sich auch an das Schreckliche gewöhnen.

Dort also begann der dritte Teil meines Schulwegs, der noch einmal eine knappe Viertelstunde dauerte. Durch einen erhaltenen Torbogen in der Arnulfstraße erreichten wir den Augustiner-Keller, nutzten dessen Biergarten als Abkürzung und gelangten so, entlang an den Stallungen des Zirkus Krone, zu unserer Schule. Manchmal wählten wir auch den etwas längeren Weg durch die Marsstraße, weil man dort, im Rundfunkhaus, auf mickerigen Papierstreifen die Texte der amerikanischen Schlager der Woche bekommen konnte: »Don't fence me in« oder »You are my sunshine«. Trat der Glücksfall ein, dass einer von uns einen kleinen Schwammball hatte – denn Bälle gab es damals nicht zu kaufen – so gab es vor dem Schulhaus, in den Grünanlagen des Marsplatzes, noch ein kurzes Fußballspiel, mit Mini-Toren zwischen zwei hochkant gestellten Schultaschen. Um dreiviertel Acht öffnete sich dann das Tor unseres ehrwürdigen Gymnasiums, und wir strebten mit erhitzten Köpfen die große Freitreppe hinauf und unserem Klassenzimmer zu, das im ersten Jahr noch 54 Schüler fassen musste.

Ja, ehrwürdig war sie schon, unsere Schule, aber anfangs doch recht lädiert. Fensterscheiben waren durch Pappkarton ersetzt. Die Heizung funktionierte schlecht oder gar nicht. Fachräume und Unterrichtsmaterialien fehlten. Der Sportunterricht fand fast ausschließlich im Freien statt. 100- und 400-Meter-Läufe wurden auf den Gehsteigen rund um das Schulgeviert abgehalten.

Über den Schulbetrieb will ich hier nicht berichten. Nur so viel: Unsere Lehrer haben Großartiges geleistet. Sie mussten uns den Unterrichtsstoff und auch die Hausaufgaben ins Heft diktieren, denn Schulbücher gab es anfangs nicht. Dank ihres Einsatzes und trotz aller Widrigkeiten stand der Unterricht auf hohem Niveau. Auch im Chor und im Orchester wurde Außergewöhnliches geleistet.

Nun aber genug mit dem »Hintergrund«. Ich möchte endlich zu dem Erlebnis kommen, das ich eigentlich erzählen wollte.

Es muss im Herbst des Jahres 1948 gewesen sein. Das Laub der Kastanien in unserem Schulhof fing schon an sich zu verfärben. Das neue Schuljahr hatte unlängst begonnen, für uns im Gymnasium mit der dritten Klasse. Nun steht in München alle Jahre im September ein Ereignis an, das die Menschen in seinen Bann zieht und das damals, in der ereignisarmen Zeit der Nachkriegsjahre, natürlich auch uns Buben reizte: das Oktoberfest. Der Haschner Toni, mein Freund und Banknachbar, und ich, wir beschlossen daher, nach der Schule – es war ein sonniger Herbsttag – das Fahrgastaufkommen des 13.20-Uhr-Zuges um zwei Personen zu vermindern und lieber das Oktoberfest zu besuchen.

Wer sich in München auskennt, der weiß, dass die Festwiese, die »Wies'n«, nicht auf der Seite von Neuhausen liegt, wie unsere Schule und der Zirkus Krone, sondern auf der anderen Seite des

Bahnkörpers, zu Füßen der Theresienhöhe. Wir hätten also, der Toni und ich, zuerst zum Bahnhof laufen und dort den Gleisbereich durch die lange Paul-Heyse-Unterführung unterqueren müssen, um die Festwiese zu erreichen. Das erschien uns bedenklich weit und umständlich. Viel näher war es doch über die Hackerbrücke, die nicht weit von unserer Schule über die Bahn hinüber ins Westend führte.

Diese Route hatte jedoch einen Schönheitsfehler. Die Hackerbrücke war nämlich zerstört. Gegen Ende des Krieges war sie von einer Sprengbombe getroffen worden, die einen der sechs eisenverstrebten Trägerbögen völlig vernichtet hatte. Zwischen den beiden angrenzenden Bögen klaffte also eine riesige Lücke, so dass die Brücke für Fußgänger und Fahrzeuge gänzlich unpassierbar war. Sie wurde denn auch an ihren beiden Enden schnellstens zugemauert, um nur ja zu vermeiden, dass irgendjemand sich auf die verbleibende Fahrbahn verirren könnte und zu Tode käme.

Uns beide hat dieser zwingende Hinderungsgrund trotz allem nicht so ganz überzeugt. Wir fuhren ja mit dem Zug jeden Tag zweimal unter dieser Brücke durch und hatten bemerkt, dass in den vergangenen Tagen dort oben offenbar eine Baustelle zur Reparatur der Brücke eingerichtet worden war. Zwei schwere Balken waren bereits von dem einen zum anderen Fahrbahnende geschoben worden. Wir wollten uns deshalb selbst ein Bild von der Lage machen.

Wir kletterten also über die Absperrungsmauer am Brückenende und drangen bis zum äußersten Rand der abgerissenen Fahrbahn vor.

Tatsächlich lagen hier, im Abstand von etwa drei Metern parallel ausgerichtet, zwei mächtige Vierkanthölzer quer über dem Abgrund. Sie waren mit ihren Enden beiderseits auf der erhaltenen Fahrbahn der noch intakten Brückenelemente gelagert und bildeten im Augenblick die einzige Verbindung zwischen diesen.

Die zerstörte Hackerbrücke 1946

Die Versuchung war groß. Sollten wir über die Balken gehen? Wir würden uns einen riesigen Umweg ersparen. Wir würden Zeit sparen und schon viel früher auf der Wies'n ankommen und dadurch unser Vergnügen verlängern.

Der Toni war ein frischer Junge, gut gebaut und sportlich, aber auch umsichtig und besonnen. Ein Draufgänger, ein Ausbund an Wagemut war er nicht. Ähnliches konnte man von mir sagen.

Und doch, nach einer kurzen Standprobe auf den Balkenenden, war schnell und einmütig unser Entschluss gefasst: Wir wollten es wagen.

Erstaunlicherweise war niemand in der Nähe, der uns hätte zurückhalten können. Entweder machten die Arbeiter gerade Brotzeit, oder sie hatten an diesem Nachmittag frei, um selber auf die Wies'n gehen zu können.

Wir machten uns also auf den »Weg«. Dieser Weg war knapp 30 Zentimeter breit und etwa zwölf endlose Meter lang. Der Toni ging auf dem rechten, ich auf dem linken Balken. Mit äußerster Vorsicht setzten wir langsam Schritt vor Schritt, mit fast gleichzeitigen Bewegungen. Auf dem Rücken trug jeder seinen Schulranzen. Die Arme hielten wir beiderseits weit ausgestellt, um uns möglichst gut im Gleichgewicht zu halten. Wir waren uns der Gefahr vage bewusst, hatten uns aber vorgenommen, nicht an sie zu denken. Wir schauten einfach nicht nach unten. Dort unten nämlich, etwa acht Meter unter uns, quer zu unserem Weg, liefen die Gleise zum Hauptbahnhof, und eineinhalb Meter unter uns die Starkstromleitungen. Oben aber, auf unserem »Holzweg«, gingen mit uns – es kann nicht anders gewesen sein – unsere Schutzengel.

Unser Balance-Akt endete ohne Zwischenfall. Wir kamen wohlbehalten auf der anderen Seite an, waren erleichtert, auch dankbar, aber keineswegs erfüllt von Triumphgefühlen. Wir hielten uns nicht für Helden, sondern freuten uns lediglich, dass wir unser Ziel erreicht hatten, würden wir doch nun mindestens fünfzehn Minuten früher auf dem Rummelplatz sein.

Dann kletterten wir wieder über die Absperrungsmauer am Brückenende, diesmal am südlichen, und eilten ungeduldig und erwartungsvoll zum Oktoberfest.

Unseren Müttern haben wir von unserem Husarenstreich nichts erzählt, erst sehr viel später. Auch nach zwanzig Jahren wurde meine Mutter bei dem Bericht noch ein wenig blass, und ich glaube, der Mutter von Toni wird es ähnlich ergangen sein.

Noch heute, nach so langer Zeit, kann ich mit dem Zug oder mit der S-Bahn nicht unter der Hackerbrücke durchfahren, ohne an unser luftiges Unternehmen von damals zu denken. Wenn ich dabei aus dem Fenster schaue, sehe ich zwar Scharen von heutigen Fahrgästen die neu errichtete Treppe zur Brücke hinauf- oder von ihr heruntersteigen, und ich sehe oben den Verkehr fluten. Alsbald aber werden diese realen Bilder überblendet von den inneren Bildern meiner Erinnerung. Wie in einem Vexierspiegel sehe ich dann dort oben, in bodenloser Höhe, mit kindlichem Ernst und doch unbekümmert zwei vertraute Gestalten aus längst vergangenen Tagen, gleich Turnern auf Schwebebalken, zielstrebig-beherrscht und doch schwerelos über den Schlund der lauernden Tiefe dahingleiten – bis mich die Weiterfahrt des Zuges durch die Fülle der draußen vorüberziehenden Bilder in die Gegenwart zurückholt.

Letzte Woche haben wir den Haschner Toni in Indersdorf zu Grabe getragen. Ein Dutzend ehemaliger Klassenkameraden war zur Beerdigung gekommen. Es war sehr traurig.

Aber ich bin sicher, dass sein Engel den Toni auch dieses Mal gut auf die andere Seite gebracht hat, über die letzte Brücke – so wie damals über den gähnenden Abgrund der Hackerbrücke.

Rudolf Huber
im Juni 2007
für
Frau Karin Haschner-Beßler
und die Kinder